ITALIANES

PAR

MARIUS BAUDARD

PARIS

POULET-MALASSIS ET DE BROISE

LIBRAIRES-ÉDITEURS

97, rue Richelieu et passage Mirès, 56

1861

Tous droits réservés

ITALIANES

Alençon. — Typ. de Poulet-Malassis et De Broise

ITALIANES

PAR

MARIUS BAUDARD

PARIS

POULET-MALASSIS ET DE BROISE

LIBRAIRES-ÉDITEURS

97, rue Richelieu et passage Mirès, 56

1861

A LA LIBERTÉ

I

« Des Alpes d'Annibal aux ondes Tarentines
Le vent jette et rapporte un cri de liberté.
Un tremblement de terre abaisse les collines ;
La poudre des Césars s'envole des ruines :
    Un grand peuple est ressuscité !

» Italie, Italie, aux soudards proie opime !
Des enfants de Brutus ils faisaient des valets !
Ces maîtres insolents, le pied sur leur victime,
Attendaient que ta mort légitimât leur crime,
    Et t'insultaient quand tu râlais !

» Des hommes se courbaient sous des fouetteurs de femmes !
Tout bourg a ses martyrs, tout martyr ses Haynau :
Milan, qui nous attend, pavoisé d'oriflammes ;
Et Venise qui vit, à la lueur des flammes,
    Ses fils qu'égorgeait le bourreau.

» Les bourreaux, les bourreaux sont les mignons du prince !
D'Ajossa règne à Naple, ailleurs Maniscalco !
Ils ont des lieutenants qui tiennent la province,
Et l'hermine du juge est d'étoffe si mince
     Qu'à travers on voit le bourreau.

» Pérouse ! quoi !... partout du sang et des ruines !...
Du sang sur l'étendard que le Christ a planté !
Italie ! Italie !... et sur les Sept collines,
La croix dicte aux puissants ces deux chartes divines :
     La Justice et la Liberté.

» Vallons où le soleil verse à flots sa lumière,
Larges sillons, coteaux couronnés de moissons,
Dites-moi quel rocher ne fut pas un calvaire,
Et, quand l'envahisseur rentre dans sa tanière,
     Ce qu'il reste à vos nourrissons ?

» Il reste... un vieux fusil, un vieux tronçon d'épée,
Sacré par le malheur et toujours menaçant ;
Et dans toute poitrine à la hache échappée,
Pour tailler dans l'histoire une grande épopée,
     Assez de cœur, assez de sang !

» Il reste... sachez bien ce qu'il nous reste encore,
Laquais, sbires, soldats des Césars d'outre-Rhin.
Vous, vous avez Spielberg dont le boulet honore,
Le canon qui mitraille et le feu qui dévore,
     Et le Hongrois mordant le frein.

» Vous avez des remparts, des villes, des armées,
Des ceintures de fleuve autour de vos donjons,

Novare enfin, raillant nos haines désarmées :
Nous, nous affranchissons nos races opprimées,
   Et nos pères, nous les vengeons !

» Mais quel bruit se répand ! quel rayon d'espérance !
Ecoutez ! écoutez !... C'est la voix d'un ami.
La Liberté nous donne un vengeur : c'est la France ;
La France est avec nous ; vive l'Indépendance !
   Français, votre nom soit béni !

» Noble peuple, héros de toutes les croisades,
Que jamais l'étranger ne souille le sol franc ! »
Des sanglots se mêlaient aux chaudes embrassades ;
Alors un vieux sergent répondit : « Camarades,
   La poudre se mouille, en avant ! »

II

En avant ! en avant ! à ce cri des batailles
   Les chevaux piaffaient dans les camps ;
La terre tressaillait du fond de ses entrailles,
   Et vomissait des combattants.
Tout un peuple en sursaut éveillé d'un long rêve
   A secoué ses bras captifs...
En avant ! les combats succèdent à la trêve ;
   Les chants de guerre aux cris plaintifs.
En avant ! en avant ! la trompette stridente
   Eclate en fiers rugissements ;

L'aigre cymbale excite à la mêlée ardente
    Le tourbillon des régiments.
Héroïques enfants, qui des bancs de l'école
    Volent aux combats acharnés,
Artisans et marquis, que la gloire raccole,
    D'enthousiasme couronnés.
« Qu'on nous mène au trépas ou bien à la victoire,
    Par eux l'esclave est racheté !
Heureux, si notre mort date un jour dans l'histoire
    L'aurore de la Liberté !
En avant ! en avant ! marchons, fils de nos pères !
    Qu'ils nous apprennent à mourir,
Puisque le sol sacré des champs héréditaires
    Est à qui sait le conquérir.
Non, nous ne voulons plus sur une terre esclave
    Naître, aimer, reposer nos fronts.
Trois fois lâche celui qui, courbé sous l'entrave,
    S'agenouille sous les affronts !..
Que, renié par tous, sa mère le maudisse !
    Que ses fils s'écartent de lui !
Qu'il voie assassiner dans le même supplice,
    Et flétrir dans la même nuit
Une épouse, une sœur sous les baisers meurtrie,
    Chaste trésor d'un fiancé !
Et que Dieu lui refuse une libre patrie,
    Un sol libre à son corps glacé !.. »

. . . .

Mais quoi ! mère, tous ceux qui sucent ta mamelle
    Ne sont-ils pas des fils pieux ?
Pas un n'est resté sourd à la voix solennelle
    De la patrie et des aïeux.
Le bourg et la cité, l'écho de la montagne
    Sont pleins de ton nom révéré ;

Et tes vengeurs, tout prêts à tenir la campagne,
  Forment un bataillon sacré...
Italie! Italie! entends-tu dans l'espace
  Gronder un formidable chant!
Entends-tu!.. dans les vents un cri de guerre passe,
  Que la balle suit en sifflant,

III

Levez-vous, serfs du despotisme!
Que l'oppresseur épouvanté
Vous reconnaisse à l'héroïsme,
Fils aînés de la Liberté!

  Peuples, la tyrannie,
  Spectre fardé de sang,
  Souille de la patrie
  Le sol tout frémissant.
Eh quoi! toujours les hordes étrangères
Mettront le pied sur nos fronts abattus?
Pour affranchir les tombeaux de nos pères
N'avons-nous rien gardé de leurs vertus?

  Dans la suprême lutte
  Où les trahit le sort,
  Glorieuse est la chute
  Et féconde est la mort.
De ces héros l'éloquente poussière
Parle plus haut que la peur des tyrans.

Qu'ils tremblent seuls! sous la sainte bannière
Fils des martyrs, nous resserrons les rangs.

    Les canons dans la plaine
    Ont croisé leurs éclairs;
    La Victoire sereine
    Sourit du haut des airs.
O Liberté, des phalanges nouvelles
Sortent de terre au seul bruit de tes pas.
Fiers de combattre à l'ombre de tes ailes,
Tes ennemis deviennent tes soldats.

    Levez-vous, serfs du despotisme!
    Que l'oppresseur épouvanté
    Vous reconnaisse à l'héroïsme,
    Fils aînés de la Liberté!

IV

C'est ainsi qu'ils chantaient à la grande veillée.
Le sol tremblait sous eux, mais ils chantaient encor;
Ils chantaient la patrie, à leurs cris réveillée
    Du sommeil de la mort.

La carabine au poing et mâchant la cartouche,
Ils vont, et leur drapeau par la poudre est noirci;
Etendard trois fois saint : l'esclave qui le touche
    Se relève affranchi.

Ils vont comme un torrent des Alpes dans la plaine,
Repoussant à la mer l'Autriche et ses soldats.
Et toujours en avant!.. la terre italienne
    S'allonge sous leurs pas.

Sous la pourpre qui teint leur costume héroïque
Leur sang coule peut-être... ils répondent que non;
Et dressent froidement leur poitrine stoïque
    En face du canon.

Saluez, ô Lombards, la sublime avant-garde;
Saluez ce héros par les revers grandi,
Qui fait peur à César, que l'Europe regarde,
    Joseph Garibaldi !

C'est lui, son large front, sa fauve chevelure,
Et son regard profond qui couve des éclairs;
Lui qui dominera de sa grande figure
    Un siècle si divers.

Les lauriers dès longtemps ont couronné sa tête,
Sur les deux continents il a gravé son nom :
Italie! Amérique! il était Lafayette,
    Il sera Washington.

Peuples, debout! tombez, croûlante dynastie!
Vierges de Marsala, couronnez-vous de fleurs !
Il débarque, il paraît ! et l'exil qui châtie
    Retourne aux oppresseurs.

Malheur aux royautés sur les meurtres assises!
L'échafaud à garder un trône est impuissant;

Et quand l'horrible flot a pourri ses assises,
    Il glisse dans le sang.

L'avenir est à vous, nations qu'on décime;
L'avenir est à toi, divine Humanité :
Les peuples sont en marche; on voit briller la cime
    Du grand mont Liberté.

Partout la Servitude a sa fosse béante;
Et, debout à la fois sur les deux Océans,
La Révolution pour son œuvre géante
    Enfante des géants.

V

Donc à toi notre cœur, notre sang, notre vie,
O mère torturée, ô saignante Italie!
Gloire pour te venger à qui saura mourir!
Heureux ceux qui vivront pour te reconquérir!

Florence où vibre encor la parole du Dante;
Rivages qu'a chantés le poète, Sorrente,
Naples, qui dors au chant des flots harmonieux,
Et toi, cité des morts et des martyrs pieux,
Venise, ô Niobé, pleurant sur tes lagunes
Tes nobles fils tombés dans nos luttes communes;
Pampres de nos coteaux, parfums des orangers;
Doux ciel que par lambeaux vendent les étrangers,

Et qui devrais porter le deuil de ton servage,
Nous vous arracherons jusqu'au dernier village,
Et jusqu'au dernier flot de vos golfes charmants,
Aux insultes sans cœur des geôliers allemands.
Tant qu'un membre arraché de la grande patrie
Sera crucifié par une tyrannie,
Nous resterons debout. — Pâle et le cou tendu,
Sentant sur son chevet un glaive suspendu,
L'oppresseur entendra dans sa nuit effrayante
Des souffles et des bruits sinistres ; l'épouvante
De fantômes vengeurs peuplera son sommeil,
Et nous lui garderons un terrible réveil,
Quand le soleil luira sur nos grandes batailles,
Et qu'au bruit des clairons croûleront ses murailles.

VI

Honteux du joug qu'il a porté,
Alors qu'un peuple transporté
Brise sa chaîne héréditaire,
Tout homme, toute nation
De cette révolution
Devant l'histoire est solidaire.

Celui qui ne sent pas son cœur
Frissonner d'une sainte horreur
Pour le tyran qui la bâillonne ;
Celui qui la jette aux filets
Des despotes et des valets,
Qui jette aux chiens cette lionne ;

Flétris d'un opprobre éternel,
Aux yeux de la terre et du ciel
Nouveaux Caïns au front livide,
Ces lâches verront l'Avenir
D'un implacable souvenir
Marquer leur ombre fratricide.

Il est bien temps, je vous le dis,
Que le père enseigne à ses fils :
« Mes fils, priez pour la victime.
Que l'homme à l'homme soit sacré ;
Que le crime soit exécré ;
Le sceptre n'absout pas le crime.

» Le Droit, immuable et divin,
N'est pas l'esclave du destin ;
Et si haut qu'un mortel s'élève,
Toujours plus haut, plus haut que lui,
Le Droit, entrevu dans la nuit,
Brille comme l'éclair du glaive.

» Ainsi, lorsqu'un pâtre imprudent,
Pour éteindre un foyer ardent,
Du pied en écrase le faîte,
La flamme à l'instant dans les airs
Jaillit en mille éclats divers
Qui se rejoignent sur sa tête.

» Mes fils, aux siècles effacés
Laissez la conquête, laissez
La guerre inhumaine et stupide ;
Mais si la voix des opprimés

A leur aide vous a nommés,
Allez, ô mes fils : Dieu vous guide.

» Un jour l'indomptable Hongrois,
Le Polonais, fier de ses droits,
Se lèveront dans la mitraille ;
A cette heure vous serez là !
Allez mourir à Magenta :
Votre sang gagne la bataille.... »

. . . .

Despotes, comptez ces linceuls !..
Ah ! que retombent sur vous seuls
Le sang dont la terre s'inonde,
Et l'anathème des mourants :
« C'est sur la tombe des tyrans
Qu'on fondera la paix du monde. »

VII

Triomphes éclatants ! miracles accomplis !
Hapsbourg a reconnu les aigles d'Austerlitz,
Et laisse en frémissant, courbé par la tempête,
La couronne de fer sur son champ de défaite.
Bourbon, tendant les bras aux quatre coins du ciel,
Voit marcher devant lui le spectre paternel,

2

Et, chassé par la peur, emporte dans sa fuite
Les stigmates sanglants d'une cause maudite.

C'est fini. Du milieu de ces écroulements,
De ces trônes épars sur leurs débris fumants,
Va surgir l'Italie, une, forte et vaillante.
D'elle-même partout la Liberté s'enfante;
L'hydre aussitôt renaît sous le fer qui l'abat.
Une heure, une heure encore, une heure de combat,
    Et Venise est indépendante!...

. . . .

Venise est en otage aux fers des oppresseurs.
De quels frémissements de joie et d'espérance
Venise saluait vos cris de délivrance,
    Cités qu'elle nomme ses sœurs!...

    On entendait par intervalles
    Monter des clameurs triomphales;
    La foudre embrasait l'horizon;
    Et déjà la sublime aurore,
    O Venise! semblait éclore
    Sur les barreaux de ta prison.

    Tes fils, ivres d'un saint délire,
    Et s'exaltant dans le martyre,
    Bravaient, en chantant, leurs geôliers;
    Et le flot noir sous les gondoles
    S'étonne encor des barcaroles'
    Que murmuraient les gondoliers.

Quel cri de désespoir déchira ta poitrine,
Lorsque l'arrêt fatal sur toi fut prononcé !
L'avez-vous entendu, Turin, Naples, Messine,
Et n'a-t-il rien ému dans votre cœur glacé ?..

Ah ! maintenant son esclavage
Pèse à vos fronts comme un outrage,
Que le fer seul peut effacer.
Recueillez vos forces dans l'ombre,
Pour opposer un jour au nombre
Tout le sang qu'il faudra verser.

L'heure approche ; forgez les glaives :
Le tonnerre qui rompt les trèves
Gronde sourdement sur les monts.
Et que vos âmes soient trempées
Mieux que l'acier de vos épées,
Mieux que l'airain de vos canons.

Un si formidable silence
Précède une bataille immense,
Une bataille de titans,
Où, renversé sur sa conquête,
Nous verrons l'aigle à double tête
Râler parmi les combattants.

VIII

Quels transports d'allégresse éclatent sur le monde !
Et jusqu'à Dieu, troublé d'une pitié profonde,
Les applaudissements montent de toutes parts.
Amis, embrassons-nous ! que dans tous les regards
    L'ivresse à l'ivresse réponde.

Venise est libre enfin ! elle revient s'asseoir
    Au doux foyer de la patrie.
    Vous qui luttez, vous qui souffrez, espoir !
Héros morts pour sa cause, elle vous doit la vie !

    Amis, des fleurs et des flambeaux !
D'astres, comme l'azur, la terre est constellée :
    Pour le retour de l'exilée
    Au vent déployez les drapeaux !
Chantez donc, ô cités de la jeune Italie :
Un siècle de douleurs en un instant s'oublie ;
    Couvrez de roses les tombeaux !
    Chantez... mais quoi ! vous détournez la tête !
    Un convive manque à la fête ?
Pourquoi ne vient-il pas ? N'est-il pas libre aussi ?
Quel est son nom ? — Roma. Son maître ? — Mastaï.

☥

Rêveuse, elle prêtait une oreille attentive
Aux cris des combattants, aux chansons des vainqueurs ;
 Et comme une reine captive
 Priait pour ses libérateurs.

Le pape la bénit et Goyon la protége.
Muette et résignée, au milieu du cortége,
Elle passe en baissant la tête par deux fois.
Mais sans désespérer elle subit l'épreuve,
Songeant à l'Italie, à sa couronne veuve,
Trop lourde pour qu'une autre en soulève le poids.

O Rome, notre amour assiége en vain tes portes !
Tes remparts restent sourds comme un froid monument ;
Auguste nécropole où les royautés mortes
 Vont régner leur dernier moment ;
Où François le déchu porte le sceptre encore ;
Où Mastaï, gardé par ses fiers cardinaux,
 Dispute au temps qui la dévore
Sur un trône en poussière une pourpre en lambeaux.
Christ, du haut de sa croix, jette un pâle sourire,
Une parole amère à ces tristes combats ;
Et, regardant le ciel, comme au jour du martyre,
 Murmure encor : « Ne m'abandonnez pas !

 » Eh quoi ! si j'entrais dans le temple,
 Prêchant du verbe et de l'exemple
La doctrine qu'à tous j'enseignais autrefois,
 Ils n'oseraient me reconnaître,
 Et plus cruels que le grand-prêtre :
« En prison ! diraient-ils, il outrage les lois. »

» Brisant le trépied de l'oracle,
Si j'élevais dans le cénacle
La voix qui consacrait mes apôtres obscurs ;
Si je disais à mon vicaire :
Mon royaume n'est point sur terre,
Je n'ai pas enfermé ma croix entre ces murs.

» Aux dogmes, à ma foi divine
Qu'importent Rome la Latine,
Le soldat mercenaire et les gibets romains ?
Vois ! ta robe est de sang trempée :
Qui prend le sceptre, prend l'épée ;
Rejette avec horreur ces insignes humains.

» Alors une clameur : « Il blasphème ! il blasphème !
Il insulte à nos droits ! »
Courbant mon front divin, hélas ! sous l'anathème,
Ils me crucifieraient une seconde fois. »

. . . .

. . . .

Le Christ parlait ; et Rome frémissante
Pleurait en l'écoutant de joie et de fierté...
L'avenir poursuivait sa marche triomphante ;
Et du Tibre sacré la barrière impuissante
Tombe devant la Liberté.

FIN

L'ANARCHIE MORALE

ATELLANES

PAR

HIPPOLYTE STUPUY

L'Anarchie morale se composera de 12 Atellanes qui paraîtront successivement. Les trois premières : *Une Lettre des Antipodes* ; l'*Accord provisoire* ; l'*Amour libre* ; sont en vente.

PRIX DE CHAQUE ATELLANE : 1 FR.

www.ingramcontent.com/pod-product-compliance
Lightning Source LLC
Chambersburg PA
CBHW061631180626
46818CB00005B/2329